朵朵小语

生命要浪费在美好的　事物上

朵朵／ 著

光明日报出版社

新经典文化股份有限公司
www.readinglife.com
出 品

PREFACE

/朵朵小序/

这个世界爱着你

回想起来，从一九九八年秋天写下第一则朵朵小语，到现在已经是十五年了。

从人的一生来看，十五年是一段悠长的时光，可是从宇宙的观点来看，也不过只是一瞬之间。

十五年前曾经为了什么事而忧愁，现在的你还记得吗？即使记得，那时的烦恼，如今还存在吗？

十五年前与十五年后，你一定有很大的改变，但这个世界依然如故，春花烂漫，秋月皎洁，它以不变默默守候着你的改变；当你走过千山万水，历经千回百转，它还是安然不动，恒常久远。这样不变的守候让人安心，就算你走得再远，有过再多过程与波折，它还是看顾着你。

是的，亲爱的，这个世界一直爱着你。

*

当我觉得疲倦的时候，总会到常去的山上，坐在那棵大树下，静静感受它的抚慰。微风吹过树叶的沙沙声仿佛是一种解忧的低语，而清凉的树荫就像是给我心灵的庇荫，让我知道自己是受到保护的。初夏的时候，它总是开满白色的花朵，往往落得我一身，那样慷慨的给予是一种无言的温柔。

当我觉得难以抉择的时候，我会仰望天空，请它给我力量。晴空总是告诉我，一切都会很好的；星空也以斗转星移显示给我万事万物都在流动改变的道理，没什么好执着的；即使是下雨的天空也像在对我说，所有的难过悲伤都会被雨水冲走，不会有任何停留。

这个世界从不吝惜给予我们它所呈现的一切。

一朵小花开在山径旁，取悦你的眼睛，也取悦了你的心。

一只鸟儿飞过，让你想起关于自由的一些真理，也让你感受到内在的喜悦与辽阔。

一朵云的飘移，使你看见了人间故事有如众神的戏剧，领悟了无常聚散而懂得放下。

涌动不息的海浪、穿花飞舞的蝴蝶、不舍昼夜的流水……大自然里充满疗愈的能量，只要你静下心来去感受，永远可以让你源源不断地汲取。

*

我们生活在一个多么美好又丰盛的世界里。最棒的是，它一直深深爱着你。

但亲爱的，你必须先敞开自己，接受这份爱。

也许你常常会感到寂寞，也许你有时会觉得不被了解，但请你一定要知道，你并不孤单，你的心事是有天使倾听的，因为环绕着你的这个世界一直拥抱着你，你从未失去它温暖支撑的臂膀。

亲爱的，也希望朵朵小语可以继续陪伴着你，度过每一个流动中的日与夜，像花朵常开，像蓝天常在。

目录
CONTENTS

1

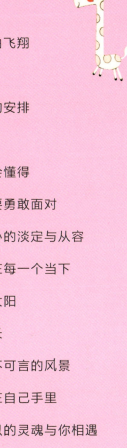

亲爱的，爱的旅程第一步就是爱你自己
的身体。它包含着海洋、山林和星辰的
碎片。它是你灵魂的圣殿，也是你人生
的起点与终点。

日日的宁静与流动

你穿越重重人生变化，日复一日往前奔赴。

但你的心中始终安然不动，如水波不惊。

生活总是处于流动的状态，但心境却维持着清澈安宁；你需要外在的昂扬，也需要内在的淡定。

亲爱的，如果你的心是一池宁静的湖水，那么你的生活就是一条流动的河。

宁静的心与流动的生活，平衡了你的里面与外面，让你可以自在地独处，也可以从容地融入人群。

日日的结束与开始

西洋谚语：不要含恨到落日。

太阳落下了，一日里的烦忧扰攘也就该跟着放下了。

好好睡一觉是一件好重要的事，闷闷不乐的情绪会让你辗转难眠，唯有安宁的心才能让你睡得香甜。

能在美好的晨光中苏醒则是每天第一件值得感谢的事，这让你的一日有一个好的开始。

仔细算算你的一天，你会发现自己拥有的何其多。

那么，亲爱的，还有什么是值得你怀恨入眠的呢？

3 /

以自己喜欢的方式去生活

你说，日子一成不变，像规格化的产品，每一天都重复着相同的形式与内容。

但人不是机器，这样下去绝对不行，所以就来点小改变吧。

学一种乐器，让音符流动起来。

剪一个新发型，让发丝流动起来。

安排一场小旅行，让身体的动线流动起来。

见一个想念的老朋友，让心灵的思路流动起来。

一点点小花样，日子就会不一样。

一点点小变化，就像推开一扇窗，风会进来，光会照亮。

用心去感受每一个片刻的宁静

这一个片刻，天空里有一道彩虹。下一个片刻，彩虹就消失了。

这一个片刻，风吹过林梢。下一个片刻，曾经因风而群舞的叶又平静了。

一个片刻接着一个片刻，形成一连串的当下。

没有一个片刻静止不动，也没有一个片刻永恒不变。

一切都在发生，也一切都会过去。

亲爱的，感受每一个片刻，与每一个片刻同在，就是活在每一个永不复返的当下。

身心愉悦，才是幸福的真正源泉

身体有它的记忆，在你以为忘记某些伤痛的时候，你的身体却都还记得。

所以亲爱的，其实你并没有真正忘记，只是那些伤痛渗入了潜意识深处，成为淤积的情绪暗流而已。

暗流总会找到出口，于是你的身体承载着心里的伤，以具体的病痛方式呈现。

因此，你需要运动，或是舞蹈或是瑜伽，或是慢跑或是其他，总之让你的身体流动起来吧，这样才能化解那些淤积的情绪。

身心灵一体。有快乐的心理，才有轻盈的身体；反过来说何尝不是呢？亲爱的，当你的身体清爽了，心理才会健康。

6 /

走到生命的哪一个
阶段，都该喜欢哪
一段时光

这个世界就像一个投币式的贩卖机，你投入正面思考，它就送出快乐给你；你投入负面想法，它也就吐出不快乐给你。

所以事情其实没有绝对的是与非，是你对那件事的解释决定了它是好事还是坏事。

就像同样的一个雨天，你可以百无聊赖地坐困愁城，也可以痛快地感受风的吹拂与雨的香气。

如果感冒了，你可以为了不舒服的感觉而不停怨尤，也可以为了终于有时间好好读一本书而心怀感恩。

亲爱的，快乐是自己给自己的，痛苦何尝不是？ 幸与不幸，好与不好，一切解释总是依随你心。

·7

人生就是风的故事

风吹过西伯利亚的麦田，也吹过阿拉斯加的冰原。

风吹过最远的海，也吹过最高的山。

风吹过他的发梢，也吹过你的窗帘。

因为风的缘故，这个世界成为合一的存在。

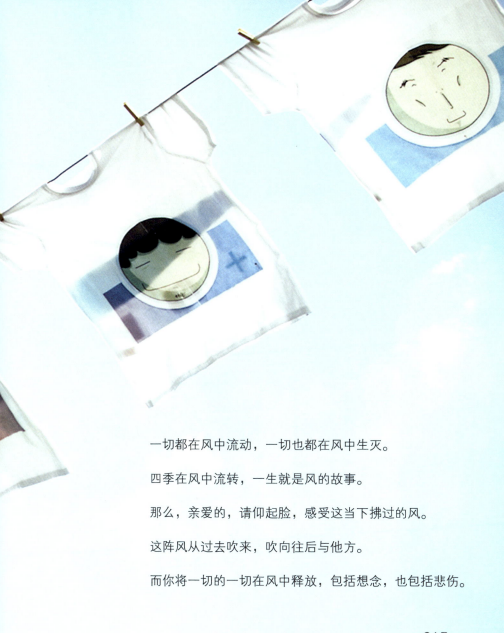

一切都在风中流动，一切也都在风中生灭。

四季在风中流转，一生就是风的故事。

那么，亲爱的，请仰起脸，感受这当下拂过的风。

这阵风从过去吹来，吹向往后与他方。

而你将一切的一切在风中释放，包括想念，也包括悲伤。

8 /

在茫茫的人海里相遇

在无限的时空中，在茫茫的人海里，两个人能够相遇，是多么不容易。

如果你们还相互喜欢着彼此，那更是难得。这样的几率太少，这样的发生近似奇迹。

可是当时间慢慢过去，某种疲惫的感觉渐渐渗透到你们之间，你们不再深情地凝视对方，也很少对彼此倾诉与聆听。

因此，亲爱的，要常常想起你和他相遇的那一刻，那种几率，那种奇迹，那种心与心的吸引与靠近。

于是你看待他的眼神再度温柔起来，你对他说的都是轻言细语。于是你们每一次的相聚，仿佛都是第一次的相遇。

9 /

修行微笑，自爱于心，心暖花开

就像一口干枯的井不能汲水一样，一颗干枯的心也无法给予爱。

心中干枯的人往往也是长期受苦的人，内在缺乏爱的滋润，心田就像旱季一样龟裂，长不出任何花叶。

这样的人往往冷着一张脸，说话没有温度，甚至充满愤怒。

所以，面对这样的人时，不需要去响应他的无礼，反而应该怜悯他的心苦。

如果可以，就给他一个微笑，也许他的心会被温柔触动，也许善意会开始在他的心中流动。

亲爱的，若是你的一点点宽容，可以为别人带来心中的水流，那又何乐而不为呢？

10 /

一切已经过去了，像拂过的风

事情发生的当下你难免有喜怒哀乐的情绪，但你内心的自在与静定却不会改变。

这就好像，拂过的风不断地改变沙丘的形状，却没有改变沙漠的本质。

所以，亲爱的，别再因那些有过的情绪而懊恼。它们已经过去了，像拂过的风，像不再存在的沙丘。

11 /

走出去，让心灵去邂逅未知的自己

心情好的时候，去走走，去看看山看看海。

心情不好的时候也去走走，去把自己走成一座山，走成一片海。

走着走着就走成了人生，一切都在变化都在流动，一切都是过程。所以没什么好执着不放，毕竟你一直在路上，未来如何还不知道怎么样。

而且你也发现了，悲伤总是慢慢走，所以只要自己走得快一点，不知不觉就会把悲伤留在身后。

所以，亲爱的，去走走吧。走一走，再多的难过也就走过了。

12 /

万事万物都在变化之中

昨日的泪可能是今日的雨。

今天的溪水也许是明天的云。

万事万物恒常在变化之中，没有绝对的是非好坏，只是能量转换的不同。

一切都是无常，一切都是流动，一切都是无常的流动。

所以，亲爱的，不必太执着什么，没有什么永不会改变，也没有什么不可能发生。

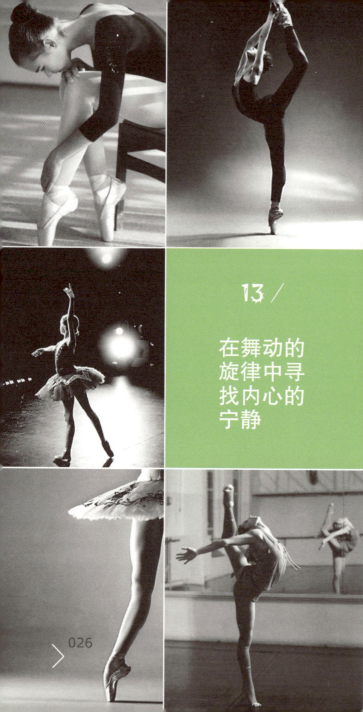

13 /

在舞动的
旋律中寻
找内心的
宁静

有一支神秘的古老教派流传着一支神秘的舞蹈，苏菲之舞。

苏菲之舞很简单，只需要不停地旋转。

苏菲之舞不简单，因为要不停地旋转。

在旋转中练习专注。

在旋转中释放恐惧。

在不停的旋转中，整个世界成为外在的无常流动，而你在核心中央安然不动，像圆心之于圆，像台风眼之于台风。

在不停的不停的旋转中，你感到宁静中的狂喜，也感到狂喜中的宁静。

在不停的不停的不停的旋转中，你的存在渐渐成为一支苏菲之舞，也成为流动中的空无。

14 /

一切都在静悄悄地改变

后来你才发现，喜欢那个人，其实是因为喜欢他对待你的方式。

当他对待你的方式不一样的时候，你感到失落，觉得他变了。

其实他没变，他一直就是那样的人，只是他对待你的方式变了，只是他不再像以前那样爱惜你了。

亲爱的，没什么好难过的，他还是他，你还是你，只是一切悄悄地斗转星移了，只是过去的时空无法再回来了。

但你会再遇到另一个人，另一个懂得如何真心对待你的人，一如星星会陨落也会生成，太阳会西下也会东升。

15 /

让你的心灵接受丰盈的滋养

经过一场暴雨之后，那条原本已近枯干的河水又再度充沛起来。

而有些时候，你的生命中也会忽然降下暴雨，它总是来得又快又急，让你措手不及，但它同时也会带来高昂的能量，给你的心灵丰盈的滋养。

所以，亲爱的，不要害怕意料之外的变动，生命总是给它认为该给你的。

因此，亲爱的，接受一切变化，如河流接纳雨水的洗礼与滋养，然后轻快地往前奔流，也像一条河一样。

16/

云影如心浮动

有时候，你的心思纷乱，就像散落在天空里的云絮，而你不知道该把自己怎么办？

那么，就仰望天空，把注意力从自己的心转到天上的云吧。

你看，云是如此飘浮不定，随风散聚，没有固定的形状，一如你心中那些烦恼忧愁，那些丝丝缕缕，也是随生随灭的。

看着看着，你渐渐明白，原来那些纷乱的思绪，本质也和天上的云絮一样，时时刻刻都在流动变化，并非真实的存在。

正因为它们是无法固定的，所以也是不能执着的。

于是你心中一动，有了某种领悟。

看着天上的云，一如凝望自己的心。云总是无声地告诉你心灵的真理，你的心所反映的也不过是虚幻的云影。

17 /

夜雨仿佛梦境

昨夜下了一阵雨。你半夜醒来，迷迷蒙蒙地听了一会儿，又迷迷蒙蒙地睡去。

今天早晨，你推开窗，发现外面一片阳光晴好，看不出有下过雨的痕迹，你不禁怀疑，昨夜的那场雨难道是你的梦境？

亲爱的，世事不正是如此？过去如昨夜，如昨夜的梦，梦里的雨，也许只是你的想象，也许从不曾存在过。

所以对于不愉快的感觉真的不必太在意，醒来之后就无须再追索那些情绪的踪迹。

只要珍惜这当下的真实，感受今日的天气。

18/

落花流水，随遇而安

花自飘零水自流。

伤感吗？其实并不。对落花与流水来说，这一切都出于自然的本能，没有失落惆怅，也没有一丝丝勉强。

随缘顺性，随遇而安。万物接受所有的变化，让存在去照顾一切。落花如此，流水也一样。

亲爱的，若你也能像落花流水一样自然地生活，那么存在也会自然地照顾你。你什么都无须担忧，也不必惆怅。

19/

你的心与世界温柔共振

你的心里有一个节拍器，一直在与外面的世界打拍子。

当这个节拍器跳得很快速时，你的世界就一片急促慌乱；当它跳得优雅而缓慢，你的世界也将舒缓平静下来。

亲爱的，外面的世界总是与你的心共振着。

若你的心混乱，所遇见的就是混乱。

若你的心和平，所遇见的就是和平。

039

 20/

向往云来云去的自由

因为风的缘故，一朵云和另一朵云相遇，合而为一。

也因为风的缘故，一朵云散成棉絮，向无尽的天河飘去。

云与云之间，不知何时会合，不知何时散佚。

一如人与人之间，这一刻也许相聚，下一刻也许别离。

人世恰如流云。云总是依着风流，人总是跟着缘走。仰望天空里的云散云聚，就像看着人间种种无常。

也像流云的好聚好散，亲爱的，在如风一般的缘聚缘灭里，你也要有着云来云去的潇洒与自由。

21/

想哭的时
候，就尽
情流泪吧

忽然，你觉得泪要掉下来了。

那么就像春天的小溪流过草原一样，让你的泪水也自然地流下吧。

心灵的河床若是干枯了是流不出泪的；太久没哭泣也就不知该如何流泪了。所以，偶尔流泪是好的。哭与笑一样都是真情的流露，没什么好迟疑，没什么好隐藏。

流水浸养连天芳草，泪水也缓缓滋润了你的心。

流水带走堆积的泥沙，泪水也轻轻冲刷了你郁闷的心事。

哭过了，紧绷的自己也就释放了。

泪水一如流水，有它要去的流向。所以，亲爱的，想哭就哭吧。有流水流过的风景总是更生动，哭过的眼睛也总会看见更辽阔的天空。

 22 /

听风，往事终该释怀

风来了，檐下的风铃一阵摇晃，叮叮当当。

你经过，驻足，聆听，想起一些过往，涌起一些感伤。

但毕竟昨日如风，无论是怡人的微风还是摧毁一切的狂风，吹过了也就都过了。

而今，那些是是非非好好坏坏都已平息，化为风铃的叮叮声响，像一缕余韵，一声轻轻叹息。

风摇着风铃，风也扬起你的发丝，于是你闭上眼睛，感受风舒服的抚触。

因为风的缘故，你想，再多的如风往事都该放下了。在风中，一切都该释怀，一切也都该被原谅。

23/

有时候，放手才是最好的选择

你喜欢那个小盆栽，所以把她带回家，每天喂水给她喝，但她从来不开花。

一天天过去，不知什么原因，她甚至渐渐奄奄一息，好像快枯萎了。

你很难过，把她放到院子的角落，想让她在那儿静静安息。

一段时间之后，你却惊奇地发现，她不仅欣欣向荣，甚至还开出可爱的小花。

原来先前是因为你过多的照顾，给她太多的水，阻碍了她的发展。

当你放手，她反而能自由生长。

这就好像你和那个人的关系。当你过度关注，两人之间总会有某种紧张，怎样都不自在。当你轻松以对，一切就变得顺畅。

再亲爱的人之间，也要能够放心与放手。

亲爱的，在任何一段关系里，当你轻松了，两人之间就能愉悦地流动，也才有地久天长。

当爱已成往事

时间是一条河，再多的欢乐忧愁，都会成为昨日的水流。

就像逝水不会回流，昨日也不会回头。不管曾经发生过什么好好坏坏，过去就是过去了。

就算握紧了拳头，昨日还是会从你的指缝间流走，快乐如此，悲伤也如此。

亲爱的，昨日已经成为从前的故事，所以你就静静目送昨日离去吧，放下那些留恋张望，也放下那些憾恨怅惘。

25 /

让风吹散你的忧愁

心里难过的时候，去吹吹风吧。

扬起你的发丝的风，也扬起天上的云，那些白絮变化着不同的形状，好像在告诉你，人生就像流云一样无常。

拂过你的衣襟的风，也拂过盛开的花，花儿们的种子因此在远方安家落户，这也像在提醒你，随时随地都可能长出新的希望。

因为风的缘故，你知道一切都在变化，也知道悄悄之中总有些美好在生长，于是风中的你感到无边的欢喜与轻盈。

境随心转。亲爱的，当你的心如清风，原本令你烦恼的一切也将随之拨云见日，渐渐明朗。

喜悦来自美善的心，只要常常心存喜悦，对这个世界就是最好的给予。即使是一朵小花，也能把自己奉献给整个世界。

PART 2

享受吧，生命中最美好的时光

 26/

你笑了，全世界的花都开了

想象你的心里有一朵玫瑰，花瓣缓缓绽开一层又一层。而你的嘴唇则是最后那一层花瓣，就这样，慢慢地微笑开来。

衷心的微笑是你的个人邀请函，对天地发出愉悦的讯息，会招来好运好事，因为天使总是喜欢爱笑的人。

所以，亲爱的，从心里笑出来吧。

你笑了，身心都放松了，烦恼也远离了。

你笑了，全世界的花都开了，快乐的蝴蝶也飞来了。

27 /

静静地欣赏一朵花开的时间

每一朵花都是一个完美的小宇宙。

从花瓣看去，你看见精巧的平衡。从花心看去，你看见无尽的奥义。

每一朵花都是神的手工，只有神之手才可能造出这样的芳香与神秘。

看着一朵花的开落，仿佛看着一个宇宙的生灭。

也许真正的宇宙，也只是上帝手中的一朵花。

28/

接纳不完美的自己

草地上有一丛雏菊，小小的花朵，朴实的模样。

这片草地已经很久没有人经过了，但这丛雏菊还是自在地花开，自在地花谢。她的花开不为了取悦别人，她的花谢也不带着悲伤与自怜。

她只是在花开的时候尽情地绽放，全心全意地对着天空展露笑颜。

然后在花谢的时候对经过的蝴蝶愉快地告别，轻轻说再见。

亲爱的，你也要像这丛雏菊一样，接纳自己，也接纳每一个当下。

如此，你会感到内在的平安，看待一切悲欢离合，就像看待花开花谢。

29 /

爱情是一树一树的花开

如果爱情是一朵花，可以一直停留在盛开的状态吗？

但有花开就有花落，这是生命的自然法则。除非，把那朵花冰冻，或是制成花的木乃伊。这样，花儿或许可以维持她盛开的姿态，没有萎谢，没有消亡。

可是，也没有了生命，没有了芬芳。

对待爱情，人们总是有着期待永恒的痴心妄想。谁都希望爱情永远是一朵最美的花，是最盛开的绽放。但世上没有不凋的花，就像没有只有快乐的爱情。

30/

让心中充满喜悦

你说，自己是如此平凡，可以给予这个世界什么呢？

亲爱的，看看墙角边那株小花吧，她虽然如此平凡，却将自己奉献给整个存在，所以也如此美丽。

喜悦来自美善的心，只要常常心存喜悦，对这个世界就是最好的给予。即使是一朵小花，也能把自己奉献给整个世界。

因为喜悦的心自然会开出喜悦的花朵，整个存在将因此而洋溢更多芬芳。

学会接受一切的发生

会开的花一定会开，会来的人一定会来。

但是，当花要谢，人要走，这一切也无法强留。

花开了，人来了；花谢了，人走了。这不过是自然法则，无关是非对错，你无须失落，不必悲伤。

爱的奥义在于曾经拥有并分享那个经验，而不是占有。因为谁都无法占有，那从来只是奢求。

所以，亲爱的，接受一切的发生——花开过就好，人来过就好；花谢了也好，人走了也好。

32 /

用顺其自然的心态，过随遇而安的生活

有些事不是努力就可以得到的。

也许用功读书分数就会进步，但不是所有的事都能比照办理。

就像你无法努力让一个人爱你。

就像你无法努力让一个人只想和你在一起。

亲爱的，你唯一能做的，是放下他，放下徒劳的努力，然后好好做你自己。

强求无用，爱的发生只能顺其自然。

所以，别去摇撼树干，只要轻松等待，让该掉落的叶子自己轻轻掉下来。

33 /

以你最美的姿态过生活

如果一朵花被制成了木乃伊，就算以最高明的技术保留了她的色泽，也保留不了她的香气。

让花鲜活的不只有她的姿态，还有她的芳香。

同样的，让你美丽的不只在于你的外表，还在于你良善的心地，你从容的气质，你由内往外散发的独特美感。

亲爱的，真正动人的，往往是那无法具体描述的；真正的美，往往是那超越视觉之外的。

34 /

让心灵的镜子照向光明，让黑暗躲到角落

你知道吗？你生命中一切的发生，都是开始于你潜意识里的召唤。

你的心是一面镜子，外面的世界映照出的是你心里的样子。所以，当你心中有快乐的歌声，自然会有好事发生；相反的，愁惨的心情只会堆积出现实里的愁云惨雾。

因此，亲爱的，不要忧虑，也没什么好忧虑的。

只要常常提醒自己，你正在创造自己的世界，所以就放轻松吧。

你相信吗？当你的心放轻松了，你想要它来的就会来，想要它去的就会去。

35 /

珍惜每一个与自己温暖相拥的时光

亲爱的，你喜欢独处吗？

如果你喜欢自己，就会喜欢单独和自己在一起。

而一个喜欢自己的人，才会懂得如何去喜欢别人，喜欢这个世界。

相反的，一个无法独处的人，往往是给别人添麻烦的人，也是让这个世界感到困扰的人。

你需要多少时间和别人相处，就需要多少时间独处。

独处的你，像一只安静的猫，也像一朵自在的花，不需要和谁说话，只是感受着自己的气息与芬芳。

独处，是为了内心的强大做准备。

而内心强大的人，才能柔软地对待自己与别人。

36 /

爱，是通往幸福的唯一道路

被爱的感觉很美妙，但好好去爱更重要。

不是只爱特定的对象，而是爱天爱地，爱世间万物，爱一切有情众生。

一颗干枯无爱的心，就像一片水泥地，植物不能生长，蝴蝶不会飞来。唯有爱才是柔软的沃土，可以承接枯枝萧寂，也可以感受繁花盛开。

爱必长久，爱里无怨尤，而且爱总是响应着爱。

所以，亲爱的，请相信，当你愿意去爱，爱必然为你敞开。

37/

用心发现生活的美好时刻

在伏特加里加入柳橙汁，就成了螺丝起子。

若放入的是葡萄柚汁，杯口再抹上一圈盐，则变成咸狗。

同样都是以伏特加为基底，但因为添加了不同的材料，就有了不同的风味。

而在看似一成不变的生活里，只要有一点点不同，也就会不一样。

在墙角的陶瓮里插一把野姜花，这一天就有了田野的风情。

写一封信寄给远方的友人，这一天就注入了怀念的心情。

亲爱的，一些小小的调味品，常常会带来大大的改变。调酒如此，生活何尝不是。

38 /

世上没有不幸福的人，只有不快乐的心

让自己快乐，是道德的。

因为你快乐了，你周围的一切才会跟着有美好的流动，别人也才会被这股愉悦的能量感染。

相反的，如果你郁郁寡欢，你周围的磁场也将陷入一片愁云惨雾，别人靠近你就感到说不出的低落。

快乐带动快乐，忧愁扩展忧愁。当你舞蹈，全世界都会跟着你一起旋转；当你流泪，全世界也就成为一片湿漉漉。

所以，亲爱的，要改变你所置身的环境，就先让自己快乐起来吧。

也请你相信，你就是自己那个小宇宙里唯一的太阳，你有能力让全宇宙的花朵绽放。

心若向阳，无畏悲伤

若是感觉能量低迷，就保持低调、静默不语吧。

上天给你得意昂扬的片刻，也给你欲振乏力的时期。

就像一条河，流过花香处处的芬芳草原，也流过礁石遍布的阴暗地形，那些都是一条河流的一部分。而种种高低起伏也都是你的生活的一部分。

所以，亲爱的，接受快乐的水花，也要接受静默的暗礁。

也像一条河，无论是激越的瀑布还是沉郁的暗流，一切都是经过，一切都会流过。

让过去的过去，让未来到来

如果一棵树紧抓着叶子不放，就无法自我更新。

如果一朵花不愿意凋谢，就不能再度感觉含苞欲放的期待心情。

大自然总是如此潇洒，一面目送旧的离去，一面迎接新的来临，时时刻刻生生不息。

亲爱的，你也要如此适情适意，听从内在的节奏，在该结束的时候结束，该开始的时候开始，时时告别过去，时时自我更新。

 41 /

总有一些美好与你不期而遇

因为花的凋谢，所以有果实的出现。

必须释放昨日，才能迎接明日。

每一条河流的尽头，都是一整片海洋的开始。

因此，无须留恋上一个阶段的完结，因为还有下一个阶段等着你，而前进的路上必然有着数不尽的惊喜，只等着你去发现并拾取。

要先有告别的勇气，才能从有限进入无限。

所以，亲爱的，怀着美好的期待往前走吧，宇宙有无尽的丰盛正要给予你。

42 /

一夜长大，破茧成蝶

你说，你理想中的人生只有快乐与美好，没有痛苦与烦忧。

亲爱的，那样的人生当然很好，但就像玫瑰与她的刺总是一起生长一样，如果你喜欢玫瑰的美丽与芬芳，那么同时也要接受可能扎手甚至流血的疼痛；人生也是如此，总是苦乐参半。

然而也是因为有过痛苦，才会更懂得珍惜一切美好的时刻。是痛苦让快乐的感觉更深刻。

没有烦忧的人生，就像一朵没有刺的假玫瑰，少了扎人的可能，却也失去了自然的香气与色泽。

所以，享受快乐，但也要能承受痛苦，这样的人生才真实，才会更显现你的美丽与芬芳。

43/

那些与你有关的幸福

亲爱的，你知道吗？你很幸福。

幸福在于，你拥有双手，可以接纳也可以给予。

你拥有双耳，可以听见悠扬动人的音乐。

你拥有双眼，可以看见这个美丽的世界。

你拥有双脚，可以往你要去的方向前进。

幸福还在于，你拥有一颗温热跳动的心，可以让你感到所有的喜怒哀乐。

你总是对这一切拥有视为理所当然，但这一切的存在其实并非必然。一个人可以平安无事，可以好好呼吸，可以看见日复一日的朝阳，这难道不是一种幸福，一种恩宠？

所以，亲爱的，感谢你所拥有的，并爱惜你的自身。你是被神钟爱的，你的存在本身就是一个奇迹。

44 /

世上总有一片
美好的风景让
你安静和向往

当日子平坦单调得像一望无际的沙滩，就会让你想起海洋的澎湃。

那么，亲爱的，去海边走走吧，去看看浪花汹涌，去听听潮声拍岸，去感受整片海洋包容一切的疗愈能量。

潮起潮落，亿万年前到亿万年后依然如故，但你的脚印一再地被涌上来的海水淹没。此刻既是永恒也是瞬间，你的喜悦与宁静无穷无尽，直到最远的海天交界。

于是，你被海洋疗愈，得到了抚慰。

于是，你带着满满的抚慰回家，像是心中有一整片辽阔的海洋。

我们都是各自路上的朝圣者

同样的一片风景，不同的人拍摄，会拍出不同的意境。

同样的一段旅程，即使是相偕的两人一同走过，也会留下不同的回忆。

那么，同样的一件事情，因为各人立场不同，自然也会有不同的感觉与解释，而且很可能南辕北辙。

所有的事件都是中立的，没有真正的对错与是非。

因此任何人都不该随意去评判别人，也没有任何人有权利任意来评判你。

所以，亲爱的，不用管别人怎么想你，也不必试图去说服别人，尊重每个人有自己的想法，就像看着樱花与茶花各开各的花。

人生，总会有不期而遇
的温暖和希望

怎么只是一下子，你的心情就掉入了谷底呢？

本来一切都好好的，但你就像在瞬间踩空，霎时便坠入万丈深渊。

当心里涌入黑暗，所有的不顺、不快与不满就无限增生，自己仿佛成为全世界最不幸的人。

然而其实什么事也没有，只是你在和自己过不去而已。

那么，伸一只援手给自己，把自己拉离情绪的谷底。

告诉自己，一切都很好。或是，一切都即将变好。

相信自己是被爱的，相信宇宙的善意，别让自己停留在负面的状态里。

只要这样相信，亲爱的，一切真的就很好，一切也都即将变好。

累了，你就停一停

朝颜花总是在夜里悄悄合上她的花瓣，然后在清晨再度绽开。

你看，即使是一朵花也需要休息，何况是你呢？

所以，该做回自己的时候，就做回自己吧。

就算是天使也不能不停止地唱歌呀。亲爱的，在你为他人倾心付出之后，也需要像朝颜花一样，给自己更多的爱、包容与支持。

48 /

生命中最美好的事都是免费的

亲爱的，你知道吗？你真的很富有。

你拥有早晨的阳光，黄昏的晚霞。

你拥有一座山的宁静，一片海洋的辽阔。

你拥有望之不尽的天空，可以观赏白日的云朵，也可以看见夜晚的星星远远近近闪闪烁烁。

你还拥有很多很多，例如小鸟的赞美诗与大雨的音乐会，例如流转的日日夜夜与春夏秋冬。

这是比所罗门王的宝藏更美丽也更庞大的财富，只要你用心去感受这个丰富又绮丽的世界，你就会发现天地山川是如此取之不尽，用之不竭，你将衷心感谢自己的富有。

49/

每个人的旅程都是一段曼妙的风景

一朵花，轻轻从枝头飘下。

那优雅的姿势被经过的你看见了，旋即成为你心头的一抹风景。

你想，真美啊。花开有花开的缤纷，花落有花落的飘逸。都是同一朵花的身世，都是同样的美丽。

就像所有的聚合离散，也都只是人生经验的一部分罢了。

所以，亲爱的，以优雅的姿势去接受生命中的一切无常吧，只有感谢，只有祝福，没有失落，没有不舍。

一切变幻皆是你心头的风景，如此而已。

每一个不曾起舞的日子，
都是对生命的辜负

那段短暂的爱恋像是不小心在秋天开出的一朵春天的花，很快就凋谢了。而你却恋恋不舍，依然惘然追索着散佚在虚空中的花香。

但亲爱的，如果仍有余香，那也是你的幻觉罢了。

过去的已经过去。在另一个时空里，曾经有过花的盛开，但如今一切成空，最多只有花的残骸，你无法让已逝去的再回来。

所以，别再试图攫取空中的余香，那早已不复存在。

只要相信，所有的得到与失去都有意义；昨日有昨日的花落，明日有明日的花开。

亲爱的，当你放下头脑里的种种
胡思乱想与考虑算计，当你只是
安静地看着自己的心，你就进入
了内在的密室。

PART 3

愿日后谈起时，你会被
自己感动

51 /

你所受的苦将会照亮你未来的路

是因为这道墙有了裂缝，外面的光才能透进来。

就像你也总是在深刻的创伤之中，更能看见心灵的光亮。

痛苦往往是一个恩典的前奏，一个祝福，因为痛苦同时也是一个超越自我的契机。

所以，亲爱的，不要对生命的裂缝感到不安，只要知道，因为裂缝存在，光也就会存在。

52 /

遇见真实的自己

每天该有一段时间，进入你那内在的密室。

这个密室完全属于你，也只能属于你，除了你自己，谁也进不去。

在这间密室里，你只是和自己在一起，面具拿下了，伪装消失了，你与真实的自己相遇，也看见最纯净无伪的自己。

于是你更认识了真正的自己，也更喜欢这个自己。

亲爱的，当你放下头脑里的种种胡思乱想与考虑算计，当你只是安静地看着自己的心，你就进入了内在的密室。

53 /

我们要好好爱自己

你是爱他的，你觉得因为有了他的存在，这个世界因此更可爱。

但是当你想要去改变他、控制他，甚至拥有他时，这份爱就变质了。这份爱不再满怀喜悦，而是带着痛苦。

会让你痛苦的不是爱，而是爱的消失。

所以，亲爱的，先回到自己身上来，先给自己满满的爱。

当你不再为他患得患失，你才能真正欣赏他的存在。

当你感觉到自己的存在，你也才能感觉到爱的存在。

54 /

独处是爱的基础

一个喜欢自己的人，当然会喜欢和自己在一起。

所以爱自己就从学习独处开始。

因为安于独处，所以不会为了一定要有人陪而赔上自己错误的爱情。

因为安于独处，所以才能感到发自内心涌出的宁静与喜悦。

因为安于独处，所以懂得如何爱自己，进而如何爱别人。

不能靠近自己的人，一定离幸福很远。

没有人陪就感到不安的人，往往也是很容易让别人感到麻烦的人。

亲爱的，可以独处，才可以融入人群；可以回到自己，也才可以与他人交心。

 55 /

宽恕自己，让心灵重获自由

当一桩事件演变到最后，带来负面的结果时，你认为自己受到伤害，因此耿耿于怀，难以原谅对方。

然而你的潜意识其实很清楚，这一切都是你自己选择的结果，怨不得天，怨不得地，也怨不得别人。

表面上看来是不能原谅对方，其实是不愿宽恕自己。

所以，亲爱的，要放下那个伤害，首先就要愿意原谅自己。

真正的宽恕，是对自己的宽恕，而且是不断地、不断地、无条件地宽恕。

56/

接纳情绪，体会幸福和快乐

说出去的话，像撒在地上的面包屑，被群鸟啄了，永远不可能回来了。

说出去的话，不能回收，不能修改，也无法涂抹，出去了就是出去了。

说出去的话，可以在瞬间让遍地开出花朵，却也可以霎时将空气冰冻。

说出去的话，也许是一帖抚慰人心的良药，也许是一把割伤人的利刃。

所以，亲爱的，别带着情绪说话，以免让自己说出事后懊悔不已的话。

57/

改变，从心开始

人生其实很公平。你相信什么，就实现什么。亲爱的，你就是自己命运的主宰。

所以，如果你不喜欢自己的生活，那么应该检视自己的内心，看看是哪一种想法阻碍了你所追求的。

例如你可能希望得到美好的恋情，但你的潜意识里却不相信自己值得拥有一份真爱。

或是你以为自己想要丰足的金钱，却又在内心深处有着金钱带来的罪恶感。

如果你的内在相互争执，想法彼此矛盾，那么宇宙听见的将只是杂音，又怎么会知道你要的是什么呢？

所以，亲爱的，先回到内在，与自己和好吧。人生的旅程，从统合自己的心声开始。

58 /

感受嵌入生命中的爱情

一旦开始盘算利益得失，爱就消失了。

爱与自由无法存在于充满算计的心灵中。

当你对一段关系没有预设任何结果，不抱持任何期待，也不是以交换为目的而付出，自由才可能存在。

亲爱的，唯有自由存在，爱才会长存。

59 /

在找到生命的另一半之前，
先找到自己

你喜欢他，于是努力在他面前表现你最好的样子，期待他也来喜欢你。

但是，为了讨他欢心，你渐渐不像你自己；为了讨他欢心，你渐渐讨厌了自己。

如果让他喜欢，付出的代价是不喜欢自己，这未免也输得太彻底。

亲爱的，只要表现最真实的自己，那就是你最好的样子了。

因此，先讨自己的欢心吧。自在快乐的你充满迷人的魅力，谁能不喜欢你？

60 /

当内心有天堂，我们便身处天堂

苹果先是有了心，果肉才会围着果心开始生长。

人不也如此吗？当你的心是美好的，外界的一切才会朝着正面去发展；若心是阴暗的，包围你的就是负面的能量。

因此《箴言》里说：保守你的心，胜过保守一切，因为一生的果效，是从心发出。

就像健康的果心结出香甜的苹果，正面的核心信念才会成就正面的人生。

所以，亲爱的，要随时回到自己的内心，去检视你的核心信念，看看你内心深处真正的想法，是否符合你对人生的期望。

61 /

拥抱每一次心情的潮汐

月的阴晴圆缺引动了潮汐，你的心情也有周期性的起落波动。

快乐的时候像涨潮，能量丰盈；忧悒的时候如退潮，能量低迷。

高能量的你做任何事都很顺利，你开怀地拥抱全世界，世界也会热情地回应你。

但能量低落时，你只想一个人待在角落，什么话也不想说，什么事也不想做。

那就静静地和自己在一起吧，这是让你静心的时刻，适合进行内在的心灵探索。

若能全心接受这样的当下，亲爱的，即使悲伤也是美好的。

所以，坦然拥抱你的阴晴圆缺吧，因为聪明的你知道，心情如潮汐，若有此刻的退潮，就必然有下一波的涨潮。

62 /

承认彼此的不同，爱情才能长久保鲜

关心一旦越了界，就会在不知不觉之间成为一种精神上的掌控。

但一个人是不能去控制另一个人的，再爱都不能。

或者该这么说，掌控与爱是刚好相反的。

你以为那样是对他好，其实是你以为的好，却不见得是他认为的好。

如果真为他好，就让他自由地成为他想要长成的样子。

爱是接纳真实的他，而不是要他变成你理想中的那个人。

亲爱的，不要以关心之名行掌控之实；那不但是爱的欺侮，而且也欺侮了爱。

63/

我们爱着的那些人，教我们
把眼泪流成诗

爱情很容易，但是爱很难。只有最纯良的爱情质量，才能进入爱的最高级。

毕竟爱情总是充满了占有、嫉妒等负面的情绪；爱却只有真心祝福，希望对方快乐。

"我爱你，因为我需要你。"这样的爱，是功利的爱。

"我需要你，因为我爱你。"这样的爱，是依赖的爱。

"我爱你，只因为你是你。"这样的爱，才是自由的爱。

自由的爱，是爱的最高级。有人这样爱着你吗？

亲爱的，你可以这样去爱人吗？

64 /

学会真心地感恩生活，学会由衷地欣赏自己

随时随地，你都希望自己尽善尽美。

于是你总是以一种严格的标准检视自己，并且总是为了达不到那样的标准而焦虑不已。

就算达到了，还会出现更高的标准，那是一个虚妄的陷阱，一个恐慌的地狱，因为对于细节的挑剔永无止境；结果你没有得到完美，却得到了对自己的永远不满意。

当你爱的是完美，你就很难爱自己。

但不完美又如何？自己的价值自己决定，你何必苦苦追求别人的标准？

所以，放下对完美的执着吧，离开那个地狱，回到快乐轻松的自己。

亲爱的，请记得，不要成为完美，只要成为自己。

65 /

当你改变，整个世界都变得奇妙了

你总是想要改变他。你说，那是为了他好。

但他不是你的提线傀儡，不该受到你的操控；若非发自他的内心，任何变化都不会发生。

毕竟每个人都是独立自主的个体，谁能改变谁呢？

所以，亲爱的，把施力点放回自己身上来吧，只有这样的改变才是有效果的。

是的，你唯一能改变的，就是你自己。

当你改变了自己，世界也将跟着改变。

或者也可以这么说——如果你想改变外在，
就先改变自己的内心。

66 /

做一个安静的人，
给自己一段柔软
的时光

你很善良，很容易对别人的苦难感同身受。因此，你常常陷入低潮，常常觉得整个世界都在下雨。

亲爱的，有柔软的心很好，但同时还要有相当的刚强，这样你才不会被轻易卷入别人的情绪与是非。

要能感同身受也要能抽身而退，这是一种能力，也是一种必须拥有的智慧。

有了这样的能力与智慧，你才能在这个时晴时雨的世界里穿梭悠游，你的生活才不会枝枝节节，心情才不会拖泥带水。

67 /

静享阳光和煦里的慢时光

你常常会胡思乱想一些事情来吓自己，于是你也常常活在自己幻想出来的鬼影幢幢里。

就像对着空白的墙面打手势一样，你看着那些黑影，害怕它们会成为真实，担心它们会入侵你的生活。但那其实都是你自己比出来的手势，是你自己制造出来的幻影。

亲爱的，停止这无聊的游戏吧。只要你自己放下打手势的双手，就什么黑影也没有。只要你不再胡思乱想，就会离开那片幢幢黑影，进入风和日丽的时光。

68 /

给彼此一个深深的拥抱

当所有的语言都到了尽头，需要的或许只是一个深深的拥抱。

有些时候，纵使你有千言万语，却不知从何说起；或是，你说得再多，却只突显了语言的有限，甚至空洞，那么干脆什么都别说。

毕竟人生里有这样的时刻，超越了一切语言可以表达的悲伤喜乐，只能静默。

那么，给彼此一个深深的拥抱就好。在无言的交流中，你的心意，他会收到；他的温度，你会知道。

140

69 /

谢谢你，途经我的盛放

亲爱的，你知道吗？你的每一桩情感，都是你和对方的潜意识对彼此召唤而来的。

你们的灵魂相互邀请，一起跳了一支舞。舞步有时和谐，有时错乱，有时踩到对方的脚，甚至因为相撞而疼痛，但如果没有彼此，你们就跳不成这支舞。

是的，如果不是因为他，你就无法在这段感情里有那么多刻骨铭心的体会，那么多痛彻心扉的学习。

所以，不要埋怨为什么爱情的苦恼这么多，因为其中种种酸甜苦辣的试炼，都是你愿意它发生的。你的灵魂需要那样的经验。

所以，当音乐结束，这段情感来到终点，亲爱的，你不必太过悲伤，只要给予曾经共舞的那人，衷心的感谢与祝福。

你若盛开，清风自来

画一幅画，写一首歌，缝一件衣裳，如果是为了作品完成之后得到别人的赞美，就增加了期待的焦虑，减少了沉浸其中的乐趣。

这就好像，当你爱着一个人，如果是为了得到对方爱的回报，这份感情也将成为一种利益的交换，让你终日患得患失，难以感受纯粹的心动。

创作的时候，你已经得到了创作的快乐；付出爱的当下，你也已经得到了爱的感觉。那种尽心付出，已是最美的收获。

亲爱的，爱情也好，创作也好，在你全心投入的时候，都以其本身的喜悦回报给你了，那么，你还需要什么回报呢？

71 /

随缘，随喜，随遇而安

因为想起某个遗憾，你忽然惆怅了起来。你说，错过了那个人，错过了那件事，让你耿耿于怀。

但亲爱的，你并没有错过什么。

那些未曾在你的生命之中发生的，也就从来不属于你；而既然从来不属于你，你又怎么会有机会失去？

真正属于你的，是不会错过的。如果错过了，那就是错了也过了。

148

72

把时间浪费在美好的事物上

一天之中该有一段时间是用来浪费的。

静坐也好，发呆也好，随意走走也好；没有电视和手机的干扰，也不阅读任何文字或接受任何影像。

丢开一切的目的与作为，让自己像一只清空的杯子，承接无所事事的空无。

太忙碌的生活，太喧嚣的心，让你的内在慌乱焦虑不安宁，所以，亲爱的，你需要不时地清空自己，才能感觉那份内在的宁静。

73

时间和过客，终将使你成长

向一个心中无爱的人讨爱，就像在荒漠中掘井，只是徒劳而已。

所以，当这段关系结束，请不必伤心。这不是你的错，只是你在尝试爱的开发时找错了土地。

这时你需要的不是寻找下一片有待开发的土地，而是回到自己心灵的领土，给自己更多的滋养，再一次好好爱自己。

亲爱的，先灌溉自己心中那片爱的土地吧，与其在荒漠中掘井，不如让自己的世界充满欣然绿意。

74 /

人生的旅途中，让自己活得有滋有味

你知道吗？你是个创作者。

你时时刻刻创作着自己的人生，而一切的喜怒哀乐与悲欢离合，就是你独一无二的作品。

你可以创作喜悦、盼望、温暖与爱，也可以创作忧愁、悲观与心灰意冷，你有绝对的自由去创作你想要的作品。

亲爱的，感觉你的心，守护你的心，人生这场创作也来自你的心。心若是甜的，人生就是甜的。心若是苦的，人生也就是苦的。

生命如一泓清水，永远奔腾下去才最美

心情沉郁的时候，去找一条河，坐在河畔，闭上眼睛，专心聆听流水的声音吧。

或许是千军万马一般地奔腾，或许是潺潺流过不绝如缕。

逝者如斯，不舍昼夜。你想，如果时间有声音，那一定就是流水的声音了。

时间过了就是过了，流水流了就是流了，一条河总是不断地往前奔赴，从未有过任何停留。

亲爱的，过往如逝水，让它把你的郁闷忧伤都带走，而你也像一条河，向着明天的海洋流去，没有迟疑，轻盈悠悠。

你是被爱的，你一直被包裹在
这个世界的爱里。快乐时有阳
光照耀你，寂寞时有月光亲吻
你，就算伤心落泪了，也有温
柔的雨丝陪着你。

PART 4

永远相信美好的事情
即将发生

76 /

聆听自己内在宁静的声音

停电了，音乐戛然静止，连壁上的钟都停了，你忽然听见细微的滴答声。

循声而去，你发现原来是浴室的水龙头漏水了。

你感到惊讶，什么时候开始漏水的？你一直听着音乐，所以无从发现。

直到世界因为停电而静止下来，你这才听见音符以外的声音。

滴答滴答，仿佛你心中的水声。

你聆听着自己内在的声音，渐渐有了一种澄澈之感。

当外在一切扰攘沉寂无声，内在的宁静就开始了。宁静深处是源源不绝的喜悦，那是从你内心升起的能量，不假外求。

于是你向宁静走去，聆听内在的水声，接受它的指引，进入灵性的更深。

77 /

生活的美好，总在你
不经意的时候，盛装
莅临

雨后的天边，出现了一道弯桥般完整的彩虹。

你拿起相机，想要拍下眼前的美景。那道彩虹却无论如何就是不能在你的相机里显影。

你试了又试，终至彩虹消失，仍一无所得。

美总是如此稍纵即逝。

就算拍成了，留在你相机里的，也只是一幕静止的风景，并不真是天边那道彩虹。

所以，亲爱的，对于许多美好，感受过那个瞬间就好，若是想要留下什么，只是虚空而已。

彩虹虽然消失了，不久之后同样的天边也会出现星星，那是不一样的美，却一样稍纵即逝。

78 /

在未知的旅程，遇见最美的自己

有时候，把自己投入一种未知的状态，才能开发出全新的能量。

所以当生活渐渐变得安逸却疲惫时，你需要一场没有事前计划的旅行，去随机碰撞，看看生命之流会把你带到什么地方。

选一个有感觉的地名，买一张单程的车票，去一个从未去过的远方。就这样顺着路走，顺着走，接受一路的变化。

面对内在的恐惧，也要找到不断向前的勇气。你会遇见从未遇见的人，看见从未看见的风景，也会发现一个未曾发现的自己。

亲爱的，活在日复一日的惯性里，人会渐渐麻木、钝化；当无所凭依，对前方一无所知，只能信任这个世界的友善与带领时，你也将找回生命的热情。

163

79 /

人生是一种体验，一种经历，一种探索

与人相处，就像走入一个动态迷宫。

因为互动是随机的，彼此的心思是无常的，你可能不够了解对方，甚至不够了解自己，所以永远也无法掌握下一刻的变化会是怎么样。

你可能在这个迷宫里看见花或看见雾，也可能遇见狮子或遇见绵羊。你可能在这个过程里觉得与对方心有灵犀，也可能只是迫不及待地想逃离。

但有趣的不也就在这里？正因为永远不知道下一步会如何，所以才值得你去探索。探索别人，也探索自己。

是的，亲爱的，在认识别人的时候，其实你也认识了自己；当你进入这个动态迷宫，你也进入了自己的内心。

人生路很长，但天总会亮

你看过不弯曲的河流吗？

除了人工开凿的运河，这世界上有哪一条河流是笔直流入大海的呢？

在深山的幽境之地发源，成为惊险的瀑布，流过起伏的地表，转过岩层堆积的石岸，总要经过曲折的过程，最后才能汇入平原，流进大海。

亲爱的，你的人生也是一条河，总要经过各式各样的遭遇，有过喜怒哀乐的心境，最后才能柳暗花明。

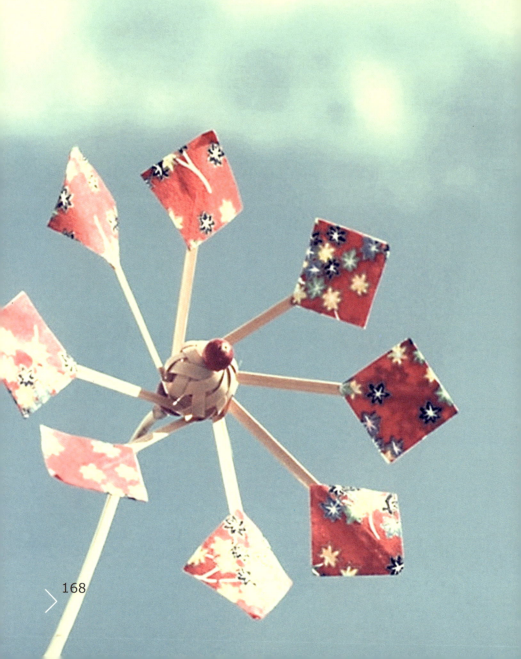

81 /

发现那些生命中的小美好

门窗若是紧闭，你不会看见窗外的风景，凉爽的风也吹不进来。

同样的，当你心中的门窗紧闭，你也看不见自己内在的风景，无法体会发自内心如风般的自由。

自怜自伤、自怨自艾，使你关上了心里的门窗，躲进自我封闭的世界。

那个世界如荒漠一片，没有凉风，没有喜悦的清泉。

所以，放宽心胸吧，别把许多微不足道的小事放在心上，这样才有力气打开心里的门窗，感受内在的自由。

亲爱的，每天都要打开门窗，感受自己与外面那个广大世界的交融；每天也都要打开心里的门窗，感受自己内在那个无限辽阔的世界。

82 /

改变，是为了遇见更好的明天

一点点小改变，就像推开一扇窗，让风进来，让光照亮。

停留不动而只是抱怨，无异坐在黑暗中。

所以，如果你不喜欢现在的自己，或是不喜欢自己所置身的环境，那么就站起身来，走动一下，轻轻推开一扇窗。

亲爱的，请相信，只要去做就对了！任何一点点小改变，都有可能产生不可思议的力量。

173

83 /

这些年，
我们都忘了
好好爱自己

如果不能好好来爱你的身体，那么亲爱的，你也不能好好去爱别人。

因为爱自己就是从爱自己的身体开始，而别人也是以身体的形象出现在你的眼前。

如果不能好好来爱你的身体，那么亲爱的，你也不能好好去爱这个世界。

因为组成这个世界的也组成你的身体，你的身体和这个世界都是地水火风的集合。

亲爱的，爱的旅程第一步就是爱你自己的身体。它包含着海洋、山林和星辰的碎片。它是你灵魂的圣殿，也是你人生的起点与终点。

84 /

生命是一场旅程，
我们在路上发现美好

你一直伫立在原地等待，等待生命给你一份意想不到的惊喜礼物。

然而日升了又落，花谢了又开，春去了又来，这里还是只有你一人，没有人路过，没有事发生。

如果等待只是徒劳无功，只是自我设限，那么，该是离开的时候了。

亲爱的，一个空白的状态没什么好留恋的，与其等待一个不会路过的人，不如离开此地去看看其他的风景。

85 /

想到达明天，现在就要启程

你有很多想法，你对未来有许多盼望，你也期待成为某种自己想要的样子。

但你从不行动，因此你也始终停在原地不动。

你说你觉得自己一定无法成就想要的，再努力也没有用，干脆一开始就别动。

亲爱的，就算只是一根火柴，也有灿烂的心愿，也许它最终只成就了一蕊小小的火光，至少是燃烧了全部的自己。

人生不在于成就多少，而在于是否有好好自我发挥。

所以，去燃烧，去发挥自我，去活出属于你的生命。只要一个行动的开始，就可能点燃一把火焰。

86 /

爱是给彼此一对翅膀，自由飞翔

有一种爱需要放手。

不仅是放手，还需要放心。

放心的意思就是不担忧，不牵挂，只有信任，只有支持。当他需要的时候给予陪伴，在他离开的时候送上祝福。

如此，看起来是你让对方自由，其实是你自己得到了自由。

你不再为他忧心忡忡，烦恼终日；你把注意力拉回到自己身上来，开始关心自己，有更多的时间来爱自己。

亲爱的，爱是给彼此一对翅膀，不是把双方都捆绑。

当需要放手并放心的时刻到来，你会懂得不做什么的必要，而不是再为他多做什么。

87 /

生命就是一场华丽的冒险

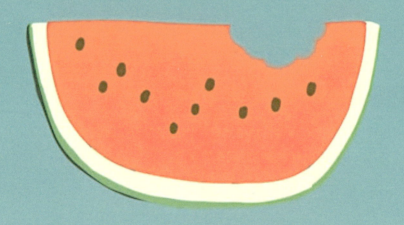

你常常觉得自己徘徊在十字路口，不知何去何从。

前方每一条路看来似乎都有可观的风景，但也一定有意外的变量，藏着你所不能预设的凶险。

人生里的道路没有任何一条是绝对安全的，生命本来就是一场华丽的冒险。除非走上前去，否则你永远不知道会遇到什么。

但请记得，只要是出于爱的选择，就一定是正确的选择。即使看似曲折，结果也一定会到达你要去的地方。

然而一旦背离了爱，就会愈走愈歪斜，再回头时可能已找不回原来的路。

所以亲爱的，做一个有爱、懂爱也能爱的人，不管遇到多少十字路口，你永远都知道如何选择。

88 /

你要相信，一切都是最好的安排

接受生命中一切经验，像海洋接受汇集而来的河流，像天空接受存在又消失的云朵，像果实接受风霜雨雪的抚慰与袭击。

无论是快乐的痛苦的，出现在你生命中都是有意义的。

也没有真正的好的坏的，只有该发生就一定会发生的。

亲爱的，是这些经验的累积造就了现在的你。

完全接受一切经验，就是完全接受你自己。

89 /

人生如戏亦如梦

你不喜欢自己目前的状态，你说这不是你想要的人生。

好吧，那就不要吧。

你确实不必为了陷入糟糕的生命剧本而闷闷不乐，因为你的心是不受现实限制的，在任何状况下，你的心都可以飞越，可以用一种更高的视野看待自己的处境。

于是你将会看见，这不过是一出戏。

戏里有哭有笑，有各种悲欢离合的纠结，各种喜怒哀乐的缠绕，但再怎么千回百转，撕心裂肺，终究只是一场戏。

当你以一种看戏的心情，旁观自己正在演出的剧情，你就超越了自身角色的格局，抽离了那些执着迷惘，那些挫折困顿。

毕竟，亲爱的，你是戏中的演员，同时也是戏外的观众。

90 /

有些黑夜，不曾经历，怎会懂得

没有在深夜痛哭过的人，不足以谈人生。

生命中的一切，不过是磨坊里的谷物；而经验就像一块石磨，磨去那些粗粝，留下精粹。

所以，亲爱的，不要害怕人生里的考验。那些让你痛苦的，以后也是让你感谢的；那些你曾以为过不去的，未来都是值得回忆的。

91 /

生命中总有一段时光，需要勇敢面对

善泳的人说，学会游泳的关键在于不怕水。

其实任何事都是如此吧，只要无惧，就没有什么障碍不能过去，也没有什么目标不能完成。

而恐惧从来不是外来的，都是内在的阴影。

亲爱的，放下内在的恐惧吧，看穿那些不存在的阴影。

当你无惧的时候，这世界就成了一池温柔的水，包容着你，支持着你，任你徜徉，任你悠游。

92 /

人生最曼妙的风景，是内心的淡定与从容

诸事烦乱的时候，你只想抛开一切，到某个远离尘嚣的小岛上，坐在椰子树下吹海风就好。你想，那样你就能得到平静了。

但是，奔向远方真的就能够放下了吗？

真正的放下是心的放下，如果心没有放下，就算躲到天涯海角，烦恼还是如影随形。

心的放下只在一念之间，而这一念，就是天堂与地狱的差别。

亲爱的，心里放下了，瞬间就能海阔天空，就像立刻置身于有椰子树的小岛，远离一切尘嚣。

93 /

未来不迎，过往不恋，
活在每一个当下

你为了一场花季而造访一座城市，但抵达之后，你才发现自己来得早了，花季还没开始。

先前你百般想象群芳盛开的美丽模样，如今置身花城，却不见任何花影，也甚少人影，只有你踽踽独行的身影。

起初你有点失落，有点寂寞，但渐渐的，你开始看见另一种安静的风景。因为安静的缘故，你行走在这座城市里，也慢慢进入自己的内心。

于是你想，不是花季也很好，少了花季带来的人潮，你才可以拥有整座城市的宁静。这样的宁静就像一种美丽的花朵，在你的心里不断地开落。

亲爱的，花季有花季的美丽，淡季有淡季的宁静。人生一如旅途，总是有些不如预期，也有些意想不到的惊喜。只要随遇而安，接纳当下，处处都是心灵的风景。

94 /

我来这世上，是为了认识太阳

一连串的雨天之后，天空终于放晴，你湿淋淋的心也被阳光瞬间照亮。

在这样的晴空下，你感到无限恩宠，知道自己是被爱的，先前的阴霾一扫而空。

你知道爱在任何状态下都不会改变，所以爱里没有惩罚，没有惧怕。

就像晴空之下，没有黑暗，没有悲伤。

亲爱的，你的心也像晴空一样，只要有"善"的太阳，一切阴暗湿冷就无处躲藏。

时间会证明我说的来日方长

好好坏坏的回忆像沿路落下的面包屑，被一路相随的时间小鸟啄食了。

于是当你回头时，已看不清来时路，也不再记得那人的脸。

每个人都养了一只时间小鸟，你的感觉与情绪，就是它的粮食。

时间疗愈一切，但也淡忘一切。现在看似过不去的，却很可能是以后根本想不起来的。

所以，亲爱的，相信你的时间小鸟吧，它在你身前身后飞来飞去，未曾稍离。它化解你过去的苦痛忧愁，也将你带向未来的蓝天绿地。

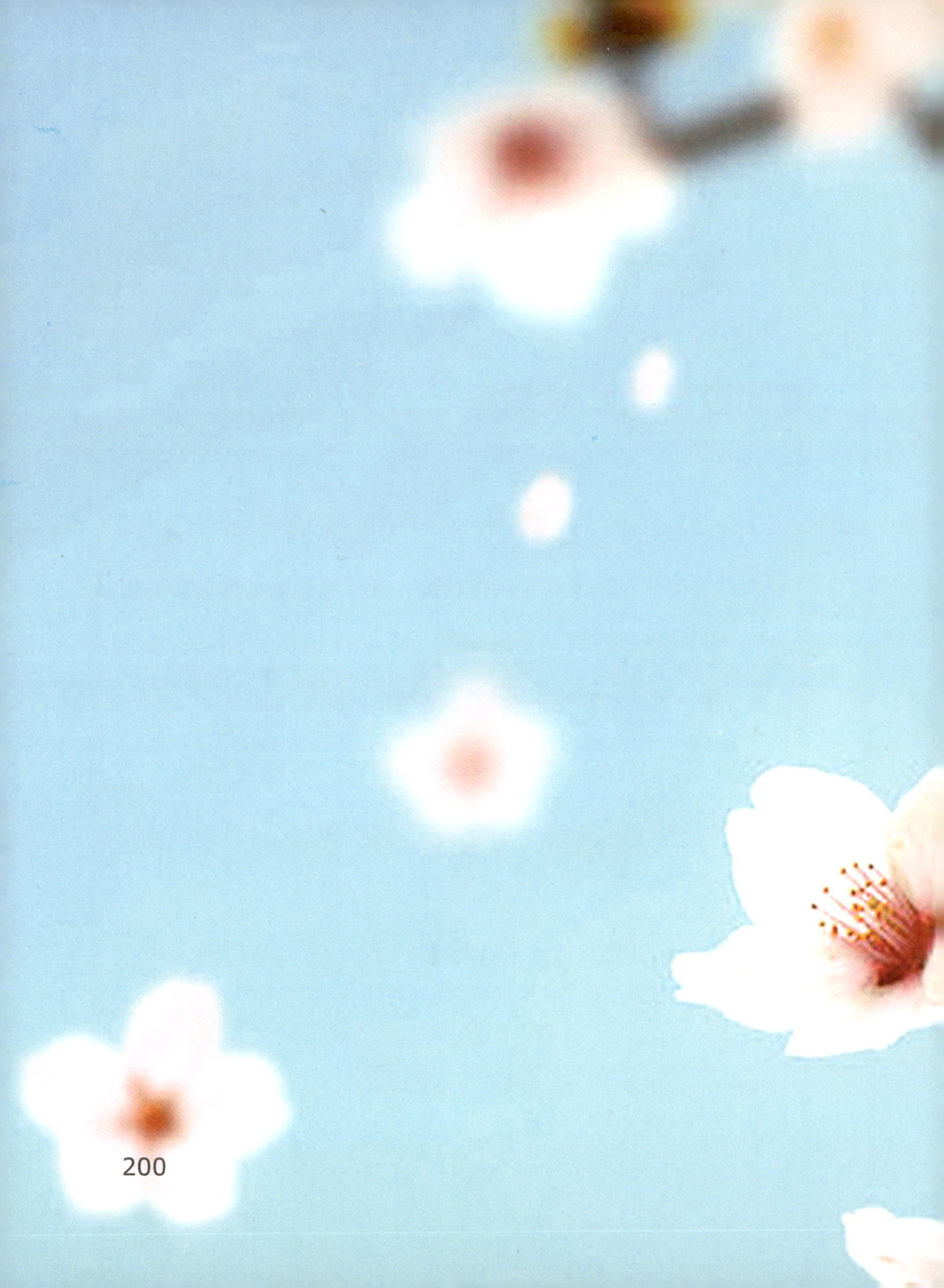

96 /

人生的每一段旅程都是妙不可言的风景

在神话故事中，只有最勇敢的武士才能克服重重难关，进入古堡，得到圣杯。

在你的人生里，也有一个属于你的圣杯，等着你去追寻。

这不是一段容易的旅程，你必须带着爱、盼望与勇气上路，并且随时可以卸下任何阻碍你前进的束缚与限制。

古堡不在天涯海角，就在你的心中。得到圣杯的同时，你也得到了终极的自由。

但亲爱的，最奥妙的是，在历经了自我追寻与探险之后，你才会恍然大悟圣杯真正的启示——原来重要的不是得到圣杯，而是寻找圣杯的过程。

 97 /

百转千回，幸福原来一直在自己手里

你听别人说，如果能看见落日沉入海平面之前最后的那一道绿光，就能得到幸福。

于是你天天坐在黄昏的海边，等待着夕阳将尽的那一瞬间。你说，你在等待那道绝美且罕见的光，来把你想要的幸福照亮。

但是雨带来了厚厚的云，一连几日都没有出太阳，更别说看见光。

后来雨停了，每天都有灿烂的晚霞，但是直到星星都出来了，你还是没有看见等待的绿光。

你感到失望、沮丧，你觉得孤独、悲伤。

然后某一天的某一个瞬间，你忽然明白了，你相信存在的，它必定存在，无论是否看得见。

所以，亲爱的，你相信自己是幸福的，你就已经得到了幸福。

98 /

世界这么大，
总有一颗相似的灵魂
与你相遇

你总是向往着远方。你想在那遥远的地方一定有一个更好美的世界。

但当你真正走过了许多远方，你才发现，比风景更动人的，往往是陌生人的善意。

如果没有那些温暖的互动，那些不求回报的帮助，再美的风光也不过是一堆没有温度的明信片。

原来，人才是最美的风景。

于是你明白了，你所向往的其实不是远方，而是在到达远方的过程中，感受许许多多人与人之间短暂交会的光亮。

亲爱的，你也是某个人的远方，在他人的旅途上，你也扮演了友善的角色，而你的付出，也许只是一个发自内心的微笑。

是的，因为你的存在，可能使某个人看见了一个更美好的世界。

最好的人生才刚刚开始

有时候，你要去某个地方，飞机无法直达，就需要转机。

人生里的许多时刻也是这样，在充满未知的中途，你无枝可栖，只能坐在孤独的候机楼里，等待转机。

这是你一个人的旅程，你必须一个人飞。

而你也必须相信，下一架飞机会将你带往想去的地方。你会在一个温暖的城市入境，开始一段新的生活。

人生不过是从此方到彼方，从这朵云到那朵云。

亲爱的，只要记得，天空总是辽阔的，永远都会有转机的好时机。

208

100 /

这个世界爱着你

飘过的落花说：我爱你。

流过的浮云说：我爱你。

拂过的清风说：我爱你。

亲爱的，请牢牢记得，这个世界爱着你。

这份爱不带任何条件，没有什么原因；这世界就是爱着你单纯的存在，只为了你就是你。

你是被爱的，你一直被包裹在这个世界的爱里。快乐时有阳光照耀你，寂寞时有月光亲吻你，就算伤心落泪了，也有温柔的雨丝陪着你。

请写下那些让你热泪盈眶的话：

please write down one sentence that move yourself

图书在版编目（CIP）数据

生命要浪费在美好的事物上 / 朵朵著 . —— 北京：
光明日报出版社，2015.5（2015.7 重印）
ISBN 978-7-5112-7989-7

Ⅰ.①生… Ⅱ.①朵… Ⅲ.①散文集 – 中国 – 当代Ⅳ.① I267

中国版本图书馆 CIP 数据核字 (2015) 第 037966 号

著作权登记号：01-2015-0883

生命要浪费在美好的事物上

著　者：朵　朵

责任编辑：李　娟　　　　　策　划：好读工作室
封面设计：所以设计馆　　　责任校对：李　超
版式设计：小　虫　　　　　责任印制：曹　诤

出版方：光明日报出版社
地　址：北京市东城区珠市口东大街 5 号，100062
电　话：010-67022197（咨询）　传　真：010-67078227，67078255
网　址：http://book.gmw.cn
E – mail：gmcbs@gmw.cn　　lijuan@gmw.cn
法律顾问：北京德恒律师事务所龚柳方律师

发行方：新经典发行有限公司
电　话：010-68423599　E – mail：editor@readinglife.com

印　刷：北京顺诚彩色印刷有限公司
本书如有破损、缺页、装订错误，请与本社联系调换

开　本：787×1260　1/32
字　数：120 千字　　　　　　　　印　张：7.25
版　次：2015 年 5 月第 1 版　　　印　次：2015 年 7 月第 2 次印刷
书　号：ISBN 978-7-5112-7989-7

定　价：35.00 元